RAPPORT

SUR

LE CHOLÉRA MORBUS.

RAPPORT

ADRESSÉ

A L'INTENDANCE SANITAIRE DE ROUEN,

SUR

LE CHOLÉRA MORBUS

OBSERVÉ A SUNDERLAND, NEWCASTLE

ET LES ENVIRONS,

PAR M. ÉMILE DUBUC,

Docteur en Médecine de la Faculté de Paris, Membre de la Société de Médecine de Rouen.

———◦———

Imprimé par les ordres et aux frais de la Ville de Rouen, en vertu d'une délibération spéciale du Conseil Municipal, prise sur la demande de l'Intendance Sanitaire du chef-lieu du Département.

———◦———

ROUEN.

IMPRIMERIE DE D. BRIÈRE,

RUE SAINT-LO, N° 7.

1832.

Rapport

ADRESSÉ

A L'INTENDANCE SANITAIRE DE ROUEN

SUR

LE CHOLÉRA MORBUS

OBSERVÉ EN ANGLETERRE.

MESSIEURS,

De retour d'un voyage entrepris sous vos auspices, dans le but de vous procurer des documents positifs sur la maladie qui , des côtes de l'Angleterre où elle s'était déclarée , menaçait notre pays , je m'empresse de vous communiquer le résultat de mes observations , heureux d'avoir à vous présenter des idées rassurantes.

Les recommandations honorables que j'ai dues à votre bienveillance ont levé les difficultés qui pouvaient s'opposer à l'accomplissement de ma mission : permettez-moi de vous exprimer, à ce sujet, toute ma reconnaissance.

Quant aux obstacles qui dépendaient de la nature même de mon entreprise, je n'ai pas trouvé sans doute en moi, pour les surmonter, toutes les ressources que l'importance du sujet aurait exigées ; mais j'ai tâché d'y suppléer par mon exactitude à recueillir les faits, et par mon impartialité à les juger.

A mon arrivée à Sunderland, j'ai dû me poser d'abord la question suivante : Y a-t-il identité entre la maladie développée dans ces derniers temps en Angleterre, et celle que l'on connaît sous le nom de choléra asiatique ?

Cette question, au premier coup-d'œil, m'a paru fort complexe ; l'état des premiers malades qui ont été présentés à mon observation n'était pas très-propre, en effet, à la simplifier. La période à laquelle ils étaient presque tous arrivés, caractéristique pour les médecins qui avaient suivi la maladie dans tout son cours, ne pouvait m'offrir rien qui différât essentiellement des maladies communes. Là où ces médecins voyaient la réaction qui, dans le choléra, suit le collapsus, je ne pouvais voir qu'une fièvre analogue à nos typhus, et dont le développement s'expliquait par les conditions fâcheuses de régime et d'habitation sous l'influence desquelles les malades avaient été long-temps placés.

Quelle conclusion pouvais-je tirer de ces diar-
rhées nombreuses dont la bénignité apparente con-
trastait singulièremeut avec les récits effrayants
qu'on avait faits de la maladie ?

Aussi, jusqu'à ce que j'eusse suivi et étudié l'en-
chaînement des symptômes , jusqu'à ce que j'eusse
observé cette période de collapsus qui offre seule
des caractères vraiment pathognomoniques , ai-je
dû hésiter à partager l'opinion de ceux qui m'en-
touraient.

Mais bientôt le doute ne m'a plus été permis; j'ai
dû reconnaître que la maladie développée en Angleterre , était identique par la *nature* de ses symptômes
avec le choléra asiatique, et ressemblait surtout, par
sa forme , à l'épidémie observée en Russie.

Dans les deux cas , en effet, invasion rarement
brusque, le plus souvent annoncée par le trouble
des fonctions intestinales [1], vomissements et déjections alvines de matières caractéristiques , affaiblissement extrême de la circulation , refroidissement du
corps, spasmes et contractures dans les muscles des
membres, congestion veineuse et coloration bleuâtre
des extrémités, suppression de la sécrétion urinaire
et biliaire, prostration, intégrité parfaite des facul-
tés intellectuelles, passage rapide de cet état à la
mort, ou à une autre série de phénomènes consti-
tuant la période de réaction caractérisée par un mou-

---

[1] Dans presque tous les cas, en Angleterre , la maladie a débuté par la
diarrhée.

vement fébrile plus ou moins prononcé, par des changements graduels dans la nature des déjections, période qui amène la convalescence ou encore la perte du malade. Ajoutons que l'examen cadavérique, après la période du collapsus, ne fait reconnaître dans les organes aucune altération qui rende complètement et constamment compte des phénomènes observés.

L'origine de la maladie en Angleterre paraît récente. Tous les médecins que j'ai interrogés se sont accordés à dire qu'elle ne s'était jamais offerte à leur observation. Le choléra qui s'y déclare chaque année, en automne, ou pendant les chaleurs de l'été, celui même que Sydenham a décrit comme épidémique, à Londres, en 1669, se rapporte au choléra commun, et c'est en vain qu'on a voulu, pendant quelque temps, déguiser sous ce dernier nom l'épidémie nouvelle.

A quelle cause peut-on donc attribuer son développement ?

Dès les premiers efforts que nous ferons pour éclaircir ce point, nous rencontrerons des difficultés presque insurmontables. Ainsi, il nous est impossible de connaître le lieu et même l'époque où la maladie a paru pour la première fois. C'est à Sunderland, vers la fin d'octobre, qu'on a toujours placé cette apparition. Le premier cas dont les rapports de cette ville fassent mention est daté du 26 octobre, et le même jour à Newcastle, un nommé Oswald Ray,

ouvrier dans une corderie, éprouve de la manière
la plus évidente tous les symptômes du choléra, et
meurt, le lendemain 27, dans la période du collapsus.

En prenant des renseignements sur les maladies
qui ont régné dans ces villes et dans leurs environs,
pendant les mois précédents, on rencontre, çà et
là, des cas qui semblent devoir être rapportés au
choléra.

Le 15 octobre, un ouvrier de Bishop-Wearmouth,
paroisse de la ville de Sunderland, offre aussi les
symptômes du choléra, mais guérit.

En septembre, à Boldon, à quatre milles nord-
est de la même ville, une femme meurt rapidement
avec des symptômes analogues.

Le 15 août, à Sunderland, le pilote Robert Henry
meurt, en trente heures, dans le même état.

Le 8 août, à Pallion, mort, en douze heures,
d'un nommé Arnold, qui n'avait eu aucun rapport
avec les navires.

Enfin, le 5 du même mois, le nommé Alson, à
trois milles nord de Sunderland, est atteint d'acci-
dents semblables, mais guérit.

Acceptant ces faits comme avérés, ferons-nous
remonter l'invasion de la maladie au 5 août? Non.
La seule conséquence que nous en tirerons, c'est
qu'il nous est impossible d'avoir sur ce point quelque
chose de précis.

Quoi qu'il en soit, puisqu'il demeure constant que
Sunderland est le véritable point de départ des obser-

vations positives, examinons si cette ville offre des conditions particulières qui aient pu favoriser les développements de l'épidémie.

La ville de Sunderland est située à l'embouchure et sur les bords d'une rivière assez considérable, la Wear. Le terrain sur lequel elle est bâtie, très-bas vers la mer, s'élève graduellement, du côté de l'intérieur, jusqu'à une hauteur de plus de quarante mètres; c'est là qu'un pont de fer, formé d'une seule arche, sous laquelle passent des navires de trois cents tonneaux, établit la communication entre l'une des paroisses, Monk-Wearmouth, située sur la rive gauche, et les deux autres, Bishop-Wearmouth et Sunderland. La partie qui se trouve sur la rive droite est formée presque entièrement par la paroisse qui donne son nom à la ville. Les deux autres paroisses occupent les points élevés.

La différence d'élévation du sol donne lieu nécessairement à plusieurs phénomènes que nous devons noter : la ventilation est facile dans la partie haute ; les vents du nord et de l'ouest y trouvent un prompt accès ; tandis que la partie basse, abritée par les collines, est chargée d'un air dont le renouvellement est lent et difficile. Les brouillards qui couvrent si souvent les bords de la Wear, stagnent aussi sur toute la région inférieure, et épargnent la région supérieure, qui se trouve ainsi éclairée par le soleil, pendant que l'autre est plongée dans une atmosphère humide et obscure. Un observateur, placé sur le pont, ne voit quelquefois sous ses pieds qu'une masse épaisse de brouillard qui lui permet à peine de distinguer les navires qui passent au-dessous de lui, mais d'où semblent sortir et s'élever d'un côté Monk-Wearmouth, et de l'autre Bishop-Wearmouth.

La température de la partie haute est presque toujours inférieure à celle de la partie basse. On s'en aperçoit aisément en parcourant l'étendue de la ville. Au premier aspect, ces deux parties forment un contraste choquant. Là, des maisons propres, élégantes, quelques-unes ornées d'un parterre tenu avec soin, des rues larges et bien nettoyées, des squares spacieux, enfin tous les attributs de l'aisance. Ici, au contraire, des rues obscures, boueuses, étroites, des maisons sales et noires, souvent toute l'apparence de la misère. Le terrain, presque plan dans cette dernière partie, s'oppose à l'écoulement facile des eaux; aussi, malgré les nombreux égouts qui s'y distribuent, certaines rues sont-elles souvent chargées d'une boue épaisse sur laquelle s'accumulent les liquides qui ont servi aux usages domestiques, et forment-elles des cloaques que l'incurie des habitants laisse subsister.

La paroisse de Sunderland occupe presqu'entièrement la partie basse, et réunit toutes les conditions d'insalubrité que je viens d'énumérer; elle est surtout habitée par la classe pauvre ou peu aisée; c'est elle enfin qui a été le siége presque exclusif du choléra. Aussi a-t-elle appelé particulièrement mon attention, sous le triple rapport de sa population, du régime de ses habitants, et surtout de sa mortalité.

On compte actuellement dans cette paroisse 18,916 habitants, divisés ainsi : hommes, 9,035 ; femmes, 9,881 ; cette population forme 4,478 familles. La plupart des maisons sont étroites, peu élevées et fort humides. Malgré le charbon de terre qu'on y brûle en grande quantité, les murs de celles que j'ai visitées m'ont toujours paru glacés. Des marchands, des ouvriers de toute espèce, des hommes employés au transport du charbon de terre, des matelots, etc., forment la plus grande partie de cette population. La nourriture des habitants se compose surtout de viandes salées ou fumées. On peut se faire une idée de leur tempérance par le nombre des tavernes et des marchands de bières ou de liqueurs fortes que renferme la seule paroisse de Sunderland ; ce nombre est porté à cent soixante-dix-sept.

Une chose étonne, cependant, c'est de voir combien peu reçoivent des secours de la commune. Dans l'année 1831, il n'y a eu que 1,075 pauvres, répartis ainsi : Pauvres dans la ville, 299 ; dans la maison des pauvres, 140 ; matelots, 636. La misère est en effet plus apparente que réelle, et dépend surtout du mauvais emploi des ressources nombreuses fournies par l'activité du commerce.

Ainsi, humidité excessive, stagnation de l'air, étroitesse et encombrement des maisons, nourriture malsaine des habitants, abus de boissons spiritueuses, etc., voilà ce que présente la paroisse de Sunderland.

Ce sont bien là des conditions favorables au développement de toutes les maladies, et il n'est pas étonnant que des épidémies de rougeole et de scarlatine y enlèvent chaque année un grand nombre d'enfants, et qu'on y voie régner souvent des typhus et des fièvres de mauvais caractères. Mais toutes ces fâcheuses influences ne sont point particulières à l'époque où nous les examinons, ni même à Sunderland, qui ressemble, sous ce rapport, comme nous le verrons, à beaucoup d'autres localités. Reconnaissons qu'elles ont pu favoriser les progrès de la maladie qui nous occupe; que c'est même là un des faits les plus remarquables qui résultent de nos observations; mais convenons en même temps qu'elles ne peuvent, en aucune manière, expliquer son origine.

D'un autre côté, en examinant les tables de mortalité de cette paroisse, nous arrivons à des résultats qui, sans être contradictoires avec ce que nous avons établi, prouvent cependant que l'influence générale des causes fâcheuses énumérées n'est point aussi marquée qu'on pourrait le penser.

Voici ces tableaux depuis 1813 jusqu'à 1830 inclusivement, avec le nombre des enfants morts chaque année au-dessous de cinq ans, et celui des vieillards morts au-dessus de quatre-vingts ans :

	Morts.	Morts âgés de plus de 80 ans.	Au-dessous de 5 ans.	Centenaires.	
1813	303	29	102	1	103 ans.
1814	418	38	178	1	
1815	416	32	155	2	
1816	422	38	152	2	110 ans.
1817	415	33	188	1	
1818	533	31	220		
1819	451	39	131	1	106 ans.
1820	408	30	150		
1821	442	29	166		
1822	404	16	182		
1823	401	29	165	1	
1824	643	36	249		
1825	482	32	187		
1826	424	28	160	1	
1827	553	36	262	1	
1828	538	32	179	1	
1829	521	38	255	1	
1830	479	25	226	2	

Il résulte de leur examen que la mortalité moyenne et annuelle de la paroisse de Sunderland, depuis 1813, est de 408. La population moyenne, étant de 15,602, proportion, 2 9/10 pour 100 ;

Qu'en 1821, la proportion réelle fut de 3, et en 1830 de 2 6/10 pour 100;

Qu'enfin, la mortalité moyenne a été plus grande dans les huit premières années que dans les dix autres. Dans les premières années, elle est de 3 4/10 pour 100; dans la seconde, de 2 9/10 seulement. Ainsi, 1° la mortalité de la paroisse de Sunderland n'est point supérieure à celle de la plupart de nos villes ;

2° Cette mortalité a diminué d'une manière sensible dans les dernières années ;

3° La longévité y est assez remarquable et supérieure à celle de beaucoup de pays considérés comme salubres ; on y compte, en effet, depuis 1813, quatorze centenaires, parmi lesquels deux sont parvenus à 110 ans. Cette longévité s'est présentée particulièrement chez les femmes ;

4° La mortalité des enfants doit être notée, parce qu'elle s'élève au tiers et même à la moitié du nombre total des morts ;

5° Le nombre des naissances dépasse un peu celui des morts, comme on le voit par le relevé des baptêmes depuis 1821. Cependant l'accroissement de la population, qui a été d'un quart au moins depuis 1821 jusqu'en 1831, doit être attribué surtout à l'arrivée de nouveaux habitants, puisque les naissances n'y contribuent que pour un dixième :

	Baptêmes depuis 1821.	Mortalités.
1821	561	442
1822	522	404
1823	533	401
1824	597	643
1825	539	482
1826	526	424
1827	545	553
1828	535	538
1829	555	521
1830	515	479

Ces préliminaires étant posés, arrivons maintenant à l'examen de la maladie considérée en elle-même. Etudions-la dans ses symptômes, sa marche, sa durée, ses terminaisons ; nous examinerons ensuite ses progrès comme épidémie, son mode de propagation, et les mesures qui ont été employées pour la prévenir ou pour la combattre.

Les phénomènes graves qui forment les principaux caractères de cette maladie sont presque toujours précédés de symptômes variés qui paraissent en constituer les premiers degrés ou la première période.

La diarrhée est le plus constant de ces symptômes. Cette diarrhée ne présente d'abord aucun caractère particulier ; les matières rendues sont formées d'aliments mal élaborés et n'attestent qu'un léger dérangement des fonctions intestinales. Cet état dure peu. Les évacuations deviennent bientôt liquides, séreuses ; elle sont accompagnées d'une faiblesse musculaire, d'abord peu appréciée par le malade, mais qui augmente en raison de la fréquence des selles.

La plupart du temps, les individus ainsi affectés ne se plaignent d'aucune douleur, n'éprouvent ni ténesmes, ni frissons ; leur pouls devient seulement plus petit et plus dépressible, et souvent même se ralentit. A ces symptômes se joignent quelquefois des spasmes et des crampes dans les muscles des bras et des jambes. Ces crampes peuvent aussi exister seules, sans la diarrhée ; mais alors, ou elles se dissipent bientôt, ou la maladie passe rapidement au deuxième degré. D'autres malades, qui ne sont atteints ni de

diarrhée, ni de crampes, se plaignent d'un malaise
général, qu'ils ne sauraient définir. Quelques-uns
disent sentir un poids incommode à l'épigastre. L'abdomen cependant n'est pas sensible à la pression; la
tête n'est le siége d'aucune douleur.

La durée de cette période, lorsqu'il y a diarrhée,
est de un, deux, trois et quatre jours; quelques
médecins l'ont regardée comme prédisposant seulement au choléra, et non comme le premier degré de
la maladie elle-même. Mais cette diarrhée, qui serait
alors la seule affection prédisposante, étudiée avec
attention, offre des caractères qui doivent conduire
à une opinion opposée. Tels sont les changements
graduels, que l'on observe dans les matières évacuées,
le trouble commençant de la circulation, ces spasmes
qui surviennent en même temps et que nous verrons
constituer un des symptômes fâcheux de la deuxième
période. Je crois donc que la diarrhée est la première
période du mal, et qu'elle réclame d'autant plus
l'attention, que c'est alors que les secours de l'art
sont plus efficaces, et que le médecin agit avec le plus
de confiance.

La deuxième période est caractérisée ordinairement par des vomissements abondants de matières
liquides, séreuses, quelquefois blanchâtres, d'autres
fois d'une couleur verte. Ces vomissements sont
rapides, et les matières rejetées sont d'abord en
grande quantité. Il semble que l'estomac s'en débar-
rasse après une distension forcée. Ces vomissements
diminuent souvent à mesure que la maladie s'avance,

à moins que les émétiques et les boissons admi-
nistrées au malade ne les provoquent. L'odeur des
matières rendues est faible et fade ; il est, du reste,
assez rare de les trouver pures. Les évacuations
alvines deviennent en même temps plus abondantes ;
c'est alors qu'elles ressemblent tout-à-fait à *de l'eau
de riz tenant en suspension des grains floconneux
et blanchâtres*. Ces évacuations sont rapides et ont
lieu par jets saccadés, mais sans ténesmes. Je n'ai vu
aucun malade se plaindre de douleurs qui rappe-
lassent ce symptôme. La langue cependant reste
encore humide et pâle, quelquefois un peu blanche ; jamais elle n'offre de rougeur. L'abdomen
n'est pas ordinairement douloureux à la pression ;
dans quelques cas, j'ai trouvé seulement une sensi-
bilité assez vive à l'épigastre. Les dents ne sont pas
couvertes d'un enduit fuligineux ; la déglutition
est presque toujours facile. Surviennent alors des
crampes douloureuses dans les doigts et les orteils,
dans les muscles de l'avant-bras, des jambes et des
cuisses. Ces crampes, quelquefois sont brusques,
soudaines , laissent peu de repos aux malades ;
d'autres fois , elles ne se succèdent qu'après des
intervalles assez longs. Il est quelquefois impossible
d'apercevoir des changements dans les muscles qui
en sont le siége ; mais d'autres fois aussi, ces muscles sont tendus ; le malade s'agite et demande à
grands cris un soulagement à ses douleurs. Il n'est
pas rare de sentir au toucher, dans les fibres muscu-
laires, des spasmes partiels qui m'ont paru encore

plus fréquents que les crampes. Enfin on rencontre
des malades qui éprouvent de fortes douleurs dans
la région lombaire.

La circulation qui était déjà modifiée dans la première période est troublée dans celle-ci à un très-
haut degré. Ordinairement elle se ralentit encore,
le pouls devient imperceptible, non-seulement aux
poignets, mais aux axillaires, aux carotides et aux
artères des membres inférieurs. Il arrive assez souvent qu'on peut à peine distinguer les battements
du cœur, réduits au nombre de vingt et même
de quinze par minute; presque toujours alors on
n'entend que le bruit des ventricules. La circulation veineuse n'est pas moins altérée, les veines
sont gonflées, dessinées sur le dos de la main et aux
avant-bras. De là résulte une teinte bleuâtre de
ces extrémités et du pourtour des lèvres, et même
de quelques autres régions, telles que la partie
supérieure de la poitrine. Le sang, lorsqu'on fait la
section de la veine, coule avec difficulté, ne forme
pas de jet et paraît plus noir qu'à l'ordinaire; on a
exagéré, je crois, en le comparant à du goudron.

Au milieu de ces désordres, la respiration subit
peu de changements; elle paraît se faire avec
facilité, et jamais je n'ai pu apercevoir le moindre
rapport entre les mouvements du cœur et ceux de
la poitrine. J'ai vu beaucoup de malades présenter
dans la réaction le nombre de mouvements respiratoires que j'avais observé dans le collapsus; le
nombre vingt-quatre, par exemple, quoique les

mouvements du cœur, d'abord très-lents , fussent
arrivés au nombre de cent quatre et cent seize par
minute.

A cet affaiblissement de la circulation se joint
un refroidissement variable de tout le corps , mais
surtout des extrémités. Dans les cas les plus mar-
qués, j'ai vu le thermomètre centigrade marquer
vingt degrés dans la main du malade et vingt-
cinq dans la bouche. La langue était froide au
toucher; il en était de même de l'haleine, qui,
du reste, n'offrait aucune odeur appréciable. Une
sueur froide est souvent répandue sur la peau; cette
sueur se rassemble quelquefois en gouttelettes sur le
visage, mais la peau elle-même ne fait point éprouver
au toucher de sensation particulière; la flaccidité
dont on a parlé ne m'a jamais semblé devoir être
notée.

Le facies du malade est caractéristique : ses yeux
sont caves , enfoncés , entourés d'un cercle livide,
et ont perdu leur éclat; la pupille est dirigée en haut,
et les paupières sont à demi-fermées ; la bouche est
entr'ouverte ; on peut même, aux changements qui
se sont opérés dans les traits du visage, reconnaître
jusqu'à un certain point le degré de la maladie.
Le malade est dans un abattement profond qui a
fait donner à cette période le nom de collapsus ; il
paraît indifférent à tout ce qui l'entoure. Presque
toujours, il reste étendu sur le dos, et c'est sans
exagération que l'on peut dire qu'il ressemble à un
cadavre. Dans ce collapsus profond, le malade n'a

plus conscience des évacuations, et ne se prépare ni aux vomissements ni aux selles. Cependant, en s'approchant de lui, en lui parlant, on le fait sortir aisément de cet état apparent d'insensibilité, et la justesse avec laquelle il rend compte de ses sensations, les preuves de mémoire et de jugement qu'il donne, attestent toute l'intégrité de son intelligence. La voix est presque toujours affaiblie ; la secrétion urinaire est toujours suspendue ; je ne l'ai jamais vue exister chez aucun malade dans cette période avancée.

J'ai déjà parlé de la congestion veineuse des extrémités ; je dois ajouter que je n'ai jamais vu une coloration bleue uniforme qui justifiât le nom de la maladie bleue donnée à cette espèce de choléra. En général, la surface du corps est pâle, quelquefois d'une teinte légèrement jaunâtre, et les plaques bleuâtres observées sur les avant-bras et sur la poitrine sont des cas exceptionnels. Cette coloration partielle disparaît momentanément par la pression.

Les phénomènes que nous venons de passer en revue ne se présentent pas toujours réunis chez le même individu ; il n'y en a pas même qui aient une existence constante. Les vomissements et les déjections alvines ont manqué quelquefois. Lorsque ces deux symptômes se présentent, ils ne persistent pas avec une égale intensité ; ce sont les vomissements qui diminuent ordinairement les premiers. Les déjections alvines se prolongent souvent avec assez de violence après l'invasion de la troisième période, ou s'arrêtent à la fin du collapsus, peu d'instants avant la mort.

2

On conçoit qu'il est impossible de faire entrer dans une description générale toutes les variétés et tous les degrés des symptômes. J'ai choisi, pour faire ressortir ceux du collapsus, des cas extrêmes; cet état est loin de présenter toujours la même gravité. La circulation peut être affaiblie sans qu'il y ait disparition et même ralentissement très-sensible du pouls. Le refroidissement présente aussi des degrés variables. A l'aide du thermomètre, j'ai pu constater que la température était, aux mains, de 23, 24, 25, 26 ou 29 degrés, et, dans la bouche, de 26, 27, 30, et même davantage. Cette période peut aussi n'avoir qu'une durée très-courte, de quelques heures, par exemple, et faire place à une réaction, ou persister, au contraire, 12, 15, 24 heures et davantage, pour se terminer par la mort, ou encore par la réaction. Lorsque la mort est survenue dans le collapsus, elle a eu lieu rarement avant 12 heures; cependant, on a eu des exemples de mort, 4, 5, 6 et 7 heures après l'invasion de la maladie. Le passage de la vie à la mort se fait d'une manière insensible et sans aucun phénomène nouveau. Le cœur se ralentit par degrés, et cesse enfin de battre. J'ai vu quelques malades expirer en faisant des efforts pour se lever ou pour changer de position dans leur lit.

Après un collapsus profond, la réaction est annoncée par le retour du pouls; perceptible d'abord aux artères voisines du cœur, il devient bientôt sensible aux extrémités des membres; il est alors tellement confus, rapide, convulsif pour ainsi dire, qu'il est

difficile d'en compter les mouvements. Il se régularise à mesure que la rapidité de ces mouvements
diminue; en même temps la température du corps
s'élève ; les vomissements , s'ils ne sont pas déjà
suspendus, reviennent à des intervalles plus longs.
Les matières vomies changent de nature et prennent une couleur plus ou moins foncée. Les déjections alvines revêtent aussi un nouveau caractère ; elles deviennent moins abondantes , sont
consistantes et ressemblent bientôt à de la bouillie
grisâtre mal liée, puis jaune; enfin elles sont brunes
et même tout-à-fait noires. Leur couleur alors peut
être comparée avec raison à de la seppia. D'inodores
qu'elles étaient dans le collapsus, elles acquièrent une
odeur de plus en plus fétide. Le ventre devient un
peu plus douloureux. Il y a quelques borborygmes,
mais jamais de ténesme. La langue, qui était humide
et pâle, se sèche et rougit. Le visage prend un meilleur aspect, les yeux recouvrent leur vivacité, les
crampes continuent quelquefois encore dans cette
période, mais sont moins douloureuses et moins fréquentes. Enfin, dans quelques cas, après un mouvement fébrile plus ou moins prononcé, les fonctions reprennent par degrés leur état normal, et le
malade arrive ainsi à la convalescence. Malheureusement cette terminaison , lorsque le collapsus a été
profond, n'est pas la plus fréquente. Souvent tous
les symptômes d'une fièvre, grave ou typhoïde, se
déclarent : la langue se couvre d'un enduit noirâtre,
les dents deviennent fuligineuses, l'haleine est fétide,

l'abdomen est douloureux et résonne à la percussion.
Il y a des soubresauts dans les tendons; une prostration d'un autre caractère survient; la tête s'em-
barrasse, les conjonctives s'injectent et sécrètent
une matière purulente, et enfin le malade succombe
dans un coma profond.

Les périodes dont je viens de tracer l'histoire ne
sont pas toujours bien dessinées. La première a paru
manquer quelquefois. Les malades ont dit avoir
été, au milieu de la meilleure santé, saisis de la
plupart des symptômes qui appartiennent au collapsus. Souvent la diarrhée, après quelques jours de
durée, se calme et se dissipe; la maladie s'est arrêtée
à ce premier degré. Le collapsus est quelquefois si
peu marqué, qu'on peut à peine l'observer. La
réaction s'est prononcée brusquement, et constitue
alors toute la maladie. Il est facile de concevoir ces
nuances et ces formes, qui résultent de la constitution particulière des individus affectés, et des
degrés variables de gravité que présente la maladie
elle-même.

Pour achever ce tableau, il me reste maintenant
à donner quelques résultats des autopsies cadavériques. Ces autopsies ont été peu nombreuses, les
préjugés du peuple et les réglements des hôpitaux
concourant, en Angleterre, à priver les médecins
de ce précieux moyen d'instruction. Aussi me gar-
derai-je d'en tirer des conclusions générales ; je ne
les donne que comme des faits qui peuvent servir à
l'histoire de la maladie.

Tous les individus observés étaient morts dans le collapsus. Voici l'état dans lequel leurs organes se sont présentés : intégrité de la moelle épinière et du cerveau ; rien d'anormal aux origines des nerfs, et en particulier à ceux de la huitième paire, qui ont toujours été disséqués avec soin ; congestion légère et générale de l'encéphale, congestion très-forte des sinus et des artères basilaires et communicantes ; poumons crépitants, dans tous leurs points, et gorgés de liquides à la partie postérieure ; beaucoup de sang noir dans la partie droite du cœur et dans les veines caves ; rien dans le péricarde et les plèvres ; peu de sang dans la partie gauche ; en général très-peu ou point de sang dans la veine porte, dont les ramifications ne se dessinent pas sur le mésentère ; la constance de ce phénomène m'a paru très-remarquable ; j'ai dû la noter d'une manière particulière : matières contenues dans l'estomac, variables suivant les médicaments administrés au moment de la mort ; membrane muqueuse de cet organe pâle ou légèrement rosée ; une seule fois elle était arborisée dans quelques points, mais toujours sans ramollissement ; les traces de phlogose qu'elle a présentées nous ont toujours paru un effet de la médication ; intestins grêles, non distendus par les gaz ou les matières qu'ils renferment, recouverts d'une substance crêmeuse grisâtre, quelquefois adhérente ; cette substance changeait de couleur, devenait plus foncée, moins épaisse à mesure qu'on s'approchait du cœcum ; dans les gros intestins, substance de la même nature que la première, semblable à de la bouillie et analogue aux déjections alvines ; muqueuse toujours pâle, sans ramollissement, sans ulcérations ; l'odeur exhalée par ces matières n'était pas fétide, mais seulement fade. Ces autopsies ont été faites huit ou dix heures après la mort ; le cadavre était encore chaud, et l'intérieur du corps avait une température supérieure à celle de la main qu'on y plongeait. Une teinte livide était généralement répandue sur toute la surface ; le pourtour des lèvres et les extrémités présentaient seulement une coloration légèrement bleuâtre, due à la congestion veineuse de ces parties. Plus d'une fois, j'ai été frappé de l'aspect du visage, qui ne différait en aucune manière de celui que j'avais remarqué pendant la maladie.

Tels sont les symptômes et les lésions cadavériques qu'a offerts, à mon observation, le choléra développé en Angleterre. Je ne chercherai pas à faire ressortir les différences que cette description peut présenter avec les descriptions publiées par ceux qui l'ont observé dans d'autres lieux ; il me suffit de remarquer, d'une manière générale, qu'aucune de ces différences ne peut être considérée comme fondamentale.

Je passe maintenant à l'étude de la maladie considérée dans sa marche et dans ses progrès ; je ne dois point revenir sur ce que j'ai dit de son origine. Nous avons vu combien il était difficile de parvenir à connaître même l'époque où le premier malade avait été observé, époque variable, en effet, selon la source où l'on puise des renseignements.

Que ce soit Spouts ou un autre qui ait été atteint le premier à Sunderland, c'est toujours vers la fin d'octobre que la maladie commence à attirer dans cette ville l'attention générale.

Le fils de Spouts tombe malade le 27 du même mois, et meurt le 30 à l'infirmerie.

Le 30, un nommé Wilson, employé au charbon de terre, éprouve les mêmes symptômes et meurt le 1er novembre dans King-Street à Sunderland.

Du 1er au 6 novembre, plusieurs nouveaux cas se présentent, et le 7 et le 8, quelques-uns se déclarent dans divers points éloignés l'un de l'autre. Ainsi, le 8, Sarah Wilson, femme d'un autre Wilson, ci-devant employé à la douane, meurt dans Nile-Street, rue qui forme, vers la partie haute, la limite de la paroisse de Sunderland.

Le nombre des morts à cette époque est à-peu-près de trois ou quatre par jour. Enfin la maladie s'étend bientôt dans toute la partie basse de la ville, non-seulement sur la rive droite, mais aussi du côté de Monk-Wearmouth, irrégulière et même bizarre dans sa marche, mais offrant toujours cette particularité remarquable qu'elle épargne les quartiers élevés, et, sauf quelques exceptions, les individus qui peuvent se procurer tous les agréments de la vie.

Depuis le commencement de la maladie jusqu'au 3 janvier, les registres de mortalité de la paroisse de Sunderland font mention de cent cinquante-trois morts. L'examen des âges et des sexes donne les nombres suivants :

	Hommes.	Femmes.	Total.
Au-dessous de 15 ans.	9	15	24
De 15 à 50 ans........	14	32	46
Au-dessus de 50 ans...	48	35	83
Total....	71	82	150

La plupart des hommes étaient ouvriers employés au transport du charbon de terre, marchands de toute espèce, etc. Beaucoup de femmes sont notées comme ayant mené une mauvaise conduite. Quelques-uns de ces individus appartenaient à la classe la plus aisée. Tels étaient, en particulier, Elisabeth Gibson, sœur du directeur de la maison des pauvres, ce directeur lui-même, et enfin M. Scott, ministre de la chapelle Spring-Garden. Tous trois demeuraient dans la partie basse de la ville ; les deux premiers, vivant au milieu des pauvres, pouvaient être regardés comme placés dans des circonstances très-défavorables. M. Scott était sous l'influence d'une crainte exagérée.

Le nombre des victimes du choléra, dans toute la ville, jusqu'au 24 janvier, époque où la maladie paraît avoir atteint son terme à Sunderland, est évalué à deux cent deux. Trente environ appartiennent à Bishop-Wearmouth et à Monk-Wearmouth. Le nombre des individus atteints dans le même espace de temps est de cinq cent trente-cinq, ce qui porte la mortalité à plus du tiers des malades. Enfin,

la mortalité générale de la paroisse de Sunderland a
été, en 1831, de sept cent six ; celle de 1830 étant,
comme nous l'avons vu, seulement de quatre cent
soixante-dix-neuf. L'année qui se rapproche le plus
de 1831, sous ce rapport, est 1824, qui a présenté
en effet six cent quarante-trois morts.

En réunissant les trois paroisses, on voit que la
mortalité générale de la ville a été :

En 1828........................ 1,111.
1829........................ 1,052.
1830........................ 924.
1831 jusqu'au 15 décembre, seulement 1,312.

Il résulte évidemment de toutes ces données que
la maladie, étudiée dans ses progrès à Sunderland,
offre ce fait remarquable qu'elle est restée confinée
dans les parties basses de la ville, et qu'elle a atteint
presqu'exclusivement les individus placés dans de
mauvaises conditions hygiéniques, affaiblis par des
excès ou par des maladies antérieures; que la paroisse
de Sunderland, située dans la partie basse, a été le
siége presqu'exclusif du choléra ; que la mortalité
de cette paroisse, en 1831, a été plus forte que dans
les autres années, quoique celle de 1824 s'en rapproche beaucoup; qu'enfin cette augmentation de
mortalité doit être attribuée au développement de
l'épidémie nouvelle.

Lorsqu'il s'agit de préciser l'époque de l'invasion
du choléra à Newcastle, on éprouve toutes les difficultés qui se sont élevées à propos de Sunderland. Ce

n'est pas en effet d'une manière brusque et soudaine
que l'épidémie se déclare dans cette ville ; des cas
isolés la précèdent et apparaissent de loin en loin
comme pour lui servir de symptômes précurseurs.
C'est au 7 décembre que les rapports de Newcastle
semblent fixer l'apparition de la maladie, et nous
avons déjà vu qu'Owaldray était mort avec tous les
symptômes du choléra, le 26 octobre, le jour même
où Spouts succombait à Sunderland. Un mois après,
le 26 novembre, Robert Jordon est victime de la
même affection. Enfin, le 7 décembre, la maladie
est hautement reconnue ; elle s'étend dans un quartier de la ville appelé Sandgate et situé sur le bord
de la Tyne.

Quelles sont les influences particulières qui ont
agi sur les premiers individus affectés ? Je n'ai
recueilli à cet égard rien qui pût même faire la base
de conjectures.

La ville de Newcastle peut être comme Sunderland
divisée en partie haute et en partie basse. Le terrain
sur lequel elle est bâtie est encore plus accidenté
que celui de cette dernière ville : des ruelles sales,
humides, et des escaliers boueux, forment, sur la
rive gauche de la Tyne, la plus grande partie de
Sandgate et du quartier situé au-delà du pont, près
du château. Il en est de même du faubourg de
Gateshead, que l'on sépare toujours de Newcastle,
parce qu'il appartient à un comté différent. Les
maisons, élevées en amphithéâtre, présentent dans
ces quartiers tous les attributs de la misère. Une

famille nombreuse y est presque toujours renfermée
dans un espace à peine suffisant pour un seul individu, et des animaux domestiques prennent encore
leur part de ces habitations et de l'air infect qu'on
y respire ; ajoutons à cela l'influence des brouillards
épais de la Tyne, qui stagnent souvent sur les bords
de cette rivière, pendant que le reste de la ville est
à découvert. Le régime des habitants, l'abus qu'ils
font des liqueurs spiritueuses, donnent lieu aux
mêmes remarques que celles que j'ai déjà faites à
propos de Sunderland.

La maladie, une fois déclarée à Sandgate, s'étend
dans ce quartier, et y reste confinée jusqu'au 17
décembre. A cette époque, elle franchit la distance
qui la sépare du vieux château, et sans se déclarer
sur le quai intermédiaire, elle vient occuper en même
temps toute la partie de la ville située sur les bords
de la Tyne, au-delà du pont. A la même époque,
quelques cas de diarrhée se présentent à Gateshead ;
les registres de mortalité de cette paroisse font
même déjà mention de quelques morts dues au choléra ; mais c'est du 25 au 27 décembre que la maladie
s'y manifeste avec une intensité extraordinaire. On
compte dans ce quartier, pendant ces deux jours
seulement, quarante-deux morts. Une telle mortalité a été attribuée généralement, et avec raison, à
l'usage immodéré des liqueurs fortes pendant les
fêtes de Noël.

C'est encore à la même époque que quelques cas
se sont présentés dans un quartier élevé de la ville,

mais toujours chez des individus appartenant à la classe malheureuse. Depuis son invasion jusqu'au 24 janvier, la maladie paraît avoir atteint, à Newcastle, huit cent un individus, parmi lesquels on compte deux cent cinquante-cinq morts, un peu plus encore que le tiers des malades. A mon départ de cette ville, la maladie avait un peu diminué d'intensité; le nombre des morts n'était que de deux à quatre par jour.

A Gateshead, elle semblait toucher à son terme; dans cette paroisse, depuis le 17 décembre jusqu'au 24 janvier, le nombre des malades s'est élevé à trois cent quatre-vingt-quatre, et celui des morts à cent trente-six, encore le tiers. En 1831, la mortalité générale de Gateshead et de Newcastle, réunies, est évaluée à dix-huit cent vingt-six. La population étant d'environ soixante mille ames, la mortalité est de 3 p. 100. Cette mortalité, malgré l'invasion du choléra, ne paraît avoir dépassé celle de l'année précédente que d'une quantité extrêmement faible; en ne tenant pas compte du nouveau cimetière, où l'on n'a enterré jusqu'ici qu'un petit nombre de morts, on ne trouve, entre le nombre des morts des deux années, qu'une différence de six. Le nombre des morts du choléra à Gateshead a été seulement, jusqu'au 24 janvier, de quatre-vingt-six habitants, parmi lesquels il y a vingt-neuf hommes seulement, et cinquante-sept femmes; les mois de décembre de 1830 et de 1831 diffèrent beaucoup sous le rapport de la mortalité :

En 1830,   En 1831,

29 morts.   87.

Il est bon de noter que des fièvres de mauvais caractère, des typhus règnent chaque année à Newcastle, dans les parties de la ville où le choléra a établi son siége ; il y a même, dans cette ville, un hôpital spécial pour ce genre de maladie, que l'on regarde comme contagieux.

Ainsi, le développement du choléra, à Newcastle, est soumis aux mêmes conditions qu'à Sunderland ; comme dans cette dernière ville, il affecte particulièrement les individus affaiblis par les excès ou les privations, s'attache aux malheureux, s'établit dans les lieux infects, sales et humides, atteint et enlève un certain nombre de femmes et d'enfants, fait enfin périr à-peu-près le tiers des malades.

Nous avons dû suivre d'une manière particulière le développement du choléra à Sunderland et à Newcastle, parce que c'est là surtout que nous l'avons observé ; mais la maladie ne s'est pas bornée à envahir ces deux villes : elle a atteint, dans le mois de décembre, plusieurs autres points que nous allons passer en revue. Elle s'est déclarée, vers le 1er décembre, à Houtton-le-Spring, dans le comté de Durham, à sept milles sud-ouest de Sunderland, et à Hetton, qui en dépend ; dans ces deux localités, jusqu'au 24 janvier, on compte deux cent quarante malades et cinquante-trois morts.

Le 10 décembre, à North-Shields et Tynemouth

(ces deux villes sont situées au nord et à l'embouchure de la Tyne), jusqu'au 24 janvier, quatre-vingt-
un malades et trente-cinq morts.

Le 10 décembre encore, à Walker, à quatre
milles de Newcastle, jusqu'au 24 janvier, soixante-
quatorze malades, vingt morts.

Le 17 décembre, à Haddington, près d'Edim-
bourg, à soixante milles nord de Newcastle. Le premier individu atteint est un ivrogne; il meurt deux
jours après l'invasion de la maladie. Aucun autre
cas ne se présente pendant huit jours. Le 25 décembre, une jeune fille de sept ans est saisie à dix heures
du matin, et meurt à sept heures du soir; une autre
femme tombe malade bientôt après, et meurt le
même jour. Enfin, le 27, un cas semblable a
lieu. A dater de cette époque, le mal s'étend dans
la ville, et atteint chaque jour quelques individus. Depuis le 27 décembre jusqu'au 24 janvier,
à Haddington, quarante-six malades et vingt-trois
morts.

C'est vers la même époque que la maladie paraît
s'étendre à tous les points qui séparent Newcastle
de l'embouchure de la Tyne, et qu'elle avait épar-
gnés jusqu'alors; elle s'avance même au-delà de la
ville, à Lemington, Wicham et Newburn, paroisses
situées, comme les autres, sur les bords de la rivière.
Le village de Newburn s'est distingué des autres par
le grand nombre de malades qu'il a offerts; en le
visitant avec le docteur Fife, qui était chargé de la
direction générale des malades, je ne vis pas deux

maisons, sur quarante au moins que je parcourus, où il n'y eût un, deux et même trois malades. Le ministre était mort depuis deux jours, ainsi que la femme du chirurgien. C'était, sans aucun doute, le point de l'Angleterre qui, jusqu'alors, avait été le plus violemment frappé.

En additionnant le nombre connu des malades et des morts depuis l'invasion de la maladie jusqu'au 24 janvier, on a le résultat suivant : malades, 2,473; morts, 820. Le village de Newburn n'est pas compris dans cette évaluation.

Ainsi, la maladie, après avoir revêtu le caractère épidémique à Sunderland et à Newcastle, a envahi beaucoup d'autres points. Dans ce nouveau développement, elle a offert les particularités que sa marche, au sein d'une même ville, nous avait présentées, franchissant souvent de grandes distances et attaquant en même temps des points éloignés, sans atteindre les intermédiaires. C'est surtout dans les lieux humides et sur les bords de la Tyne, qu'elle s'est jusqu'ici développée; enfin, de la position relative des lieux mêmes où elle a été observée, on peut tirer cette dernière conclusion qu'elle s'est particulièrement étendue vers le Nord.

Après cet examen des progrès de la maladie, nous sommes nécessairement conduits à l'étude de son mode de propagation.

En cherchant à découvrir son origine, en étudiant le climat, le régime des habitants, à Sunderland et à

Newcastle, nous avons reconnu que si des causes générales de maladies existaient dans ces deux localités, ces causes cependant n'étaient particulières ni à ces villes ni à l'époque où nous les examinions; nous en avons conclu que l'effet de ces fâcheuses conditions pouvait être seulement de favoriser le développement de l'épidémie.

J'ajouterai que les progrès de l'épidémie n'ont pas paru en rapport avec plusieurs phénomènes météorologiques, tels que la densité de l'atmosphère, son degré d'humidité, la direction des vents, la température. On peut consulter à cet égard un tableau de la température de Newcastle auquel j'ai joint le relevé de la mortalité et du nombre des malades, jour par jour, dans la même ville [1].

Mais, quelle que soit l'influence des causes locales que nous avons passées en revue, dans l'examen auquel nous nous livrons, du mode de propagation de la maladie, nous arrivons à établir deux ordres de faits. Les premiers décèlent une cause générale, analogue à celles de toutes les épidémies. La maladie se déclare en même temps dans plusieurs localités; elle n'apparaît pas d'une manière brusque, et se montre d'abord isolément, à des intervalles plus ou moins éloignés et dans des lieux différents; elle s'établit dans certaines parties d'une ville et épargne les autres, n'atteint qu'une seule classe d'habitants, et se déclare chez des individus qui

[1] Voyez ce tableau à la fin du rapport.

paraissent n'avoir communiqué ni avec des malades, ni avec le foyer de la maladie.

Les autres faits semblent prouver que la maladie possède de plus, en elle-même, la faculté de se transmettre d'individu à individu, indépendamment de cette cause générale, qui peut lui donner naissance. Ainsi, à Newcastle et à Sunderland, plusieurs membres d'une même famille sont atteints et succombent successivement ; plusieurs individus sont saisis peu de temps après leurs premières communications avec des malades. Le fils de Spouts tombe malade à Sunderland peu de temps après la mort de son père, est transporté et meurt à l'infirmerie, et la garde de l'hôpital, après avoir enseveli le corps de cet enfant, tombe malade elle-même, et ne tarde pas à succomber. Thomas Wilson est enterré le 7 novembre ; sa petite-fille meurt le 8. Des hommes employés à transporter les morts sont atteints à leur tour, et succombent, etc. A Newcastle, une femme demeurant dans un quartier éloigné et non atteint par la maladie, vient visiter une de ses amies dans une maison où plusieurs personnes sont déjà mortes du choléra ; il y a même encore un cadavre dans une chambre voisine : cette femme tombe malade et meurt, sans qu'on ait pu la transporter chez elle. A North-Shields, de pareils faits se présentent ; voici, à cet égard, les notes qui ont été transmises au gouvernement anglais, et publiées ensuite dans les journaux de Londres :

Nos.	NOMS.	CONDITIONS.	HABITUDES.	DATE DE LA MALADIE.	DATE DE LA TERMINAISON.	REMARQUES.
1	Denis Meguir,	mendiant,	intempérant,	10 décembre	péri le	Il est allé à Sunderland le jour qui a précédé son attaque. (Remèdes : Calomel, opium et stimulants.)
2	Jeanne Whateley,	veuve,	intempérante, délicate,	idem,	morte le 11 déc.	Prend calomel, opium, ammoniaque, huiles essentielles, camphre, eau-de-vie. Elle ne paraît pas avoir eu communication avec des malades.
3	Femme Meguir,	épouse de Meguir,	mendiante,	13 décembre	morte le 14 déc.	Collapsus; moutarde comme émétique; calomel, opium; ammoniaque.
4	Jean Arkell,	femme d'un charbonn.	sujette à une maladie du foie.	19 décembre	morte le 19 déc.	A été à Newcastle la veille de sa maladie : Éther ; ammoniac, laudanum, eau-de-vie, frictions, bain d'air chaud ; pas de réaction.
5	Jeanne Stephenson		tempérante.	idem,	idem.	Collapsus.
6	Mme Brodie,	épouse d'un marinier,	idem.	idem,	idem,	A assisté à l'enterrement d'un parent mort du choléra ; collapsus.
7	Mme Mc All,	idem,	idem,	20 décembre	morte le 20 déc.	Collapsus.
8	Th. Logan,	pauvre,	intempérant,	idem,	mort le 21 déc.	Rapport fréquent avec no 1 et no 3, collapsus.
9	Th. Jobling,	matelot,	non connu,	21 décembre	idem,	Mort en moins de cinq heures.
10	Th. Hedley,	émouleur de rasoirs,	intempérant,	idem,	mort le 22 déc.	Est allé à Harteley, place infectée, la veille de sa maladie.
11	André Parties,	cordonnier,	idem,	idem,	mort le 29 déc.	Succombe à la fièvre typhoïde. Il logeait dans la maison du no 2.
12	Mme Walton,	aubergiste,	tempérante,	22 décembre	péri le 29 déc.	La saignée semble produire la réaction : Calomel, opium et antiphlogistiques.
13	Jeanne Dods,	servante de M. Walton,	idem,	idem,	idem.	Même traitement que le précédent.
14	Anne Whitfield,	épouse d'un charron,	idem,	26 décembre	morte le 31 déc.	Avait visité un voisin malade du choléra : Saignée, calomel, opium, ammoniaque, huile de ricin ; application extérieure de la chaleur.
15	Jean Cook,		idem,	idem,	péri le 29 déc.	Avait visité un cholérique.
16	J. Uckan,	jardinier,	idem,	idem,	mort le 28 déc.	Saignée ; réaction ; calomel, opium, huile de ricin.
17	Élis. Brown,	femme d'un charpent.,	idem,	27 décembre	morte le 31 déc.	Visita à Newcastle son parent qui mourut du choléra.
18	Hélène Brown,		idem,	idem,	morte le 31 déc.	Eut communication avec sa sœur no 17.
19	Abraham Robson,	charbonnier,	idem,	21 décembre	mort le 1er janv.	Communique avec Coopis-Row, lieu infecté.
20	John Gray,	cordonnier,	idem,	1er janvier	idem.	Calomel, opium et stimulants.

En analysant avec impartialité tous les faits qui se
sont présentés à notre observation, nous arrivons à
cette conclusion, que la maladie est à-la-fois épidémique et contagieuse. Ce double caractère n'est
point particulier au choléra; des maladies communes
chez nous le possèdent à un très-haut degré : telle est,
par exemple, la petite-vérole; nous la voyons se
déclarer souvent sous la forme épidémique; elle
atteint un grand nombre d'enfants presqu'au même
instant, sans qu'on soit tenté d'attribuer ses ravages
à la contagion; et cependant il n'est pas douteux
que, dans ces circonstances mêmes, elle ne conserve
la faculté de se transmettre d'individu à individu,
lorsque les conditions de cette transmission se trouvent réunies.

Après avoir étudié la maladie en elle-même dans
ses symptômes, ses progrès et son mode de propagation, je dois examiner les mesures générales et
particulières qui ont été employées en Angleterre,
soit pour la prévenir, soit pour la combattre.

Parmi les mesures préventives, les quarantaines se
placent au premier rang, et à cause de l'importance
de leur but, et à cause de la gravité de leurs consé-
quences. J'aurais désiré pouvoir me procurer les
documents nécessaires pour juger les quarantaines
anglaises sous le rapport de leur exécution; mais
n'ayant pas été en position de les examiner complètement, je n'ai pu parvenir à aucun résultat. Nous
pouvons admettre cependant qu'elles ont été faites

avec toute la perfection dont elles étaient susceptibles;
aucune nation n'avait peut-être à sa disposition plus
de moyens de les établir que la nation anglaise; il
n'en est pas moins vrai, et c'est la seule conclusion
que je puisse tirer de leur examen, qu'elles ont été
sans efficacité pour atteindre leur but le plus général,
la préservation du sol de l'Angleterre de l'invasion
du choléra. Ces quarantaines n'ont été établies que
pour les navires. La maladie une fois développée, on
ne songea point à la séquestration ; aucun obstacle
même ne fut apporté aux communications fréquentes qui existaient non-seulement entre les habitants des divers quartiers de Sunderland, mais encore
entre cette ville et les villes voisines. D'autres moyens
généraux furent employés pour arrêter les progrès
du mal. Une intendance sanitaire fut créée, et les
médecins qui en étaient membres furent chargés
d'inspecter les lieux infectés. On établit même à Newcastle une division de la ville en sections assignées
chacune à un médecin particulier. De la flanelle et
des vêtements furent distribués aux malheureux.
On chercha à prévenir l'abus des liqueurs spiritueuses. Des documents furent adressés au peuple,
afin de l'éclairer sur tout ce qui pouvait le prédis-
poser à la maladie. L'emploi des fumigations de chlore
et celui du chlorure de chaux furent conseillés, et l'on
fit laver avec de l'eau de chaux les maisons envahies
par le choléra. Enfin, on assigna aux cholériques
des hôpitaux particuliers.

Il y aurait quelques critiques à faire à propos de

ces derniers établissements, presque tous situés au foyer même de la maladie ; mais cette critique ne nous serait d'aucune utilité. Nous sommes allés déjà, je puis le dire, dans nos prévisions, au-delà de ce qu'ont fait, sous ce rapport, nos voisins.

Jetons maintenant un coup-d'œil sur le traitement particulier adopté par les médecins anglais. Les stimulants énergiques, les purgatifs, ont presque toujours fait la base des médications que j'ai vu mettre en usage. Le calomel à haute dose, le jalap, l'huile de cajeput, l'huile de ricin, l'essence de térébenthine, le camphre, la rhubarbe, les sulfate et carbonate de magnésie, le sel marin, la moutarde, l'eau-de-vie, l'alcool, l'acide nitreux, le café, l'ammoniaque, enfin les rubéfiants, les vésicatoires, les applications externes de la chaleur, les frictions, tels sont les principaux remèdes avec lesquels la maladie a été combattue ; ajoutons à cela la saignée, quelques autres antiphlogistiques, comme la limonade, etc.

Pour mettre plus d'ordre dans l'examen du traitement, je le considérerai successivement dans chaque période.

Le calomel, exerçant, selon les médecins anglais, une action particulière sur la sécrétion de la bile, a été fréquemment administré dans la période de diarrhée, surtout lorsque les déjections alvines étaient déjà devenues liquides et blanchâtres. On l'unissait alors souvent à l'opium, quelquefois à la rhubarbe, et ces médicaments n'étaient prescrits qu'à doses frac-

tionnées ; des lavements opiacés ont été aussi employés alors par quelques praticiens ; d'autres, dans
le but de ranimer la circulation lorsqu'elle paraissait
s'affaiblir, se sont servis, même à ce degré de la
maladie , du sel marin et de la moutarde, comme
émétiques.

Les premiers moyens m'ont semblé avoir quelquefois du succès lorsqu'ils ont été administrés au
début même de la diarrhée, et surtout lorsqu'ils ont
eu pour adjuvants essentiels un bon régime et des
soins hygiéniques bien dirigés. Les autres, ayant été
employés à l'imminence du collapsus, ne m'ont pas
paru aussi efficaces. En général, comme je l'ai dit,
on a eu peu d'occasions, surtout dans le commencement de l'épidémie, de saisir ainsi la maladie à son
premier degré, les malades ne voulant pas, pour
ce qu'ils regardaient comme une légère indisposition,
appeler les secours de la médecine, et même interrompre leurs habitudes ou leurs occupations.

C'est dans la période de collapsus que les ressources pharmacologiques ont été déployées. Le point
essentiel étant de produire une réaction, les stimulants les plus énergiques, soit externes, soit internes,
ont été presque toujours mis en usage simultané-
ment. Le café et l'eau-de-vie ont formé la seule
boisson présentée aux malades. L'essence de térébenthine, le camphre, l'ammoniaque, l'acide nitreux,
l'essence de menthe, ont fait la base de potions
nombreuses et variées. Enfin , on a agi sur l'estomac
par les émétiques, tels que le sel marin et surtout

la moutarde de Durham, à haute dose ; sur les intestins par le calomel, le jalap, l'huile de ricin,
la rhubarbe, le séné, le sulfate et le carbonate
de potasse ; et sur la peau, à l'aide des frictions,
des bains d'eau chaude, des rubéfiants, des vésicatoires, des sinapismes, de l'eau bouillante, et
même du cautère actuel ; quelques praticiens, enfin,
ont employé dans cette période la saignée, qui a été
quelquefois suivie d'une réaction salutaire. Le laudanum, lorsque les douleurs causées par les spasmes
et les crampes ont été très-violentes, a paru devoir
être mis en usage souvent et à très-forte dose. On a
prescrit quelquefois, dans la dernière période de collapsus, des lavements composés de deux livres d'eau
et de quatre onces d'alcool.

Voici un exemple du traitement adopté dans cette
période par un des médecins de Sunderland ; je choisis
cette observation au milieu de beaucoup d'autres
publiées par la *Gazette Médicale* de Londres : Une
femme de quarante-cinq ans tombe dans le collapsus
après un jour de malaise général ; vomissements de
matières fluides, séreuses ; les déjections alvines sont
très-abondantes et liquides, mais un peu colorées en
vert. Les extrémités sont froides et livides ; la langue
est froide au toucher, etc. ; le pouls donne cent pul-
sations, mais est petit et dépressible. *On couvre cette
femme de linges chauds, et on lui administre aussitôt un mélange d'une once d'eau-de-vie et d'un
gros de laudanum.* Cette potion est rejetée par le
vomissement ; *on la répète : même résultat. Un*

*cataplasme de moutarde est alors appliqué sur l'épi-
gastre ; une saignée de huit onces est faite, et l'on
prescrit des pilules de calomel, de camphre et
d'opium, et une mixture avec éther, laudanum et
eau de menthe, et enfin une demi-once d'eau-de-vie
chaque demi-heure.* Le lendemain, on apprend que
l'eau-de-vie a été constamment rejetée. Les déjections
sont un peu moins violentes ; mais les vomissements
ont lieu de temps en temps, et le pouls est tout-à-
fait imperceptible ; *calomel, vingt grains ; huile de
cajeput, quelques gouttes sur du sucre ; toujours
de l'eau-de-vie toutes les demi-heures.* Le soir, même
état. La malade refuse l'eau-de-vie qu'on lui présente ; on prescrit un *scrupule de calomel,* et l'on
remplace l'eau-de-vie par *du vin de Porto, bouilli
avec de la muscade et du sucre.* Le jour suivant, la
malade paraît un peu mieux ; elle a pris *une pinte
de vin.* Pendant la nuit, les vomissements ont cessé ;
le pouls est perceptible au poignet. Potion composée
de poudre de rhubarbe, quinze grains ; de jalap, six
grains ; de teinture de jalap, trois onces ; d'eau de
menthe trois gros ; lavement avec deux onces de térébenthine et d'huile d'olive, dans deux livres d'eau
chaude ; continuation du vin et des épices. Cette
femme meurt dans la matinée.

Dans la période de réaction, le rémède qui semblait le plus efficace aux médecins anglais était le
calomel ; ils l'unissaient à l'opium, et ils attribuaient
à son action particulière le changement graduel que
l'on observait dans la nature des déjections alvines.

Si l'abdomen devenait douloureux, quelques praticiens employaient les saignées locales et des liniments opiacés, et lorsque la congestion cérébrale paraissait imminente, les vésicatoires à la nuque, les frictions à l'épigastre avec la pommade stibiée et mercurielle et les lavements purgatifs; quelquefois même les émétiques, tels que le sel marin. Lorsque les symptômes n'ont pas été fort graves, plusieurs médecins se sont contentés, dans cette période, de prescrire du calomel et des boissons légèrement diaphorétiques, telles que le thé, et même de la limonade et du carbonate de soude avec l'acide tartarique.

Quels sont, parmi ces médicaments, ceux qui semblent avoir agi avec le plus d'efficacité? Quels ont été les effets du traitement considéré dans son ensemble?

La première question est d'autant plus difficile à résoudre, que les remèdes employés ont été plus nombreux ; comment étudier l'action particulière d'un remède administré concurremment avec un grand nombre d'autres qui, souvent, ont des propriétés différentes ? L'utilité de l'action du calomel lui-même, malgré la théorie à laquelle on a rattaché son emploi, me paraît encore problématique, et les changements qui surviennent dans les déjections peuvent être aussi bien attribués à la maladie qu'à ce médicament. Il faut l'avouer, dans presque tous les cas graves, toutes les méthodes de traitement, tous les remèdes ont échoué, et je suis porté à attribuer les succès que l'on a obtenus à la réserve qui a distingué la pratique de quelques médecins. Il ne suffit pas, en effet, de produire une réaction; il faut que cette réaction soit salutaire, et des fièvres graves ont suivi assez souvent l'emploi des stimulants énergiques pour qu'on soit tenté d'attribuer leur développement à ce genre de médication.

Ici se termine l'exposé des faits qui forment la base de mon travail; faits qui, je dois le dire, empruntent un nouveau caractère d'authenticité au concours de M. le docteur Guillot, de Paris, que j'ai été heureux de rencontrer sur le théâtre même de l'épidémie. Je vais maintenant les rapprocher et les résumer en propositions générales :

1° La maladie qui règne en Angleterre est le choléra asiatique;

2° L'époque et le lieu de son apparition ne peuvent être déterminés avec une précision absolue;

3° Sunderland et Newcastle sont le point de départ des premières observations positives, qui datent de la fin du mois d'octobre;

4° Ces deux villes n'offrent aucunes conditions particulières auxquelles on puisse rapporter l'origine de la maladie, et d'où l'on puisse conclure à la spontanéité de son développement ;

5° La maladie, dans la nature et l'intensité de ses symptômes, n'offre pas de différences fondamentales avec ce qui a été observé dans d'autres lieux ;

6° Il n'en est pas ainsi dans ses progrès comme

épidémie ; à Sunderland et à Newcastle, et dans tous les lieux qu'elle a parcourus, elle est restée, en général, confinée dans les quartiers malsains, et n'a attaqué presque exclusivement que la classe malheureuse ;

7° Elle a été irrégulière dans sa marche, et s'est étendue particulièrement le long de la Tyne ;

8° Depuis son apparition jusqu'au 24 janvier, elle a atteint environ deux mille quatre cent soixante-treize individus, et en a fait périr huit cent vingt ; ainsi, le rapport du nombre des morts à celui des malades est environ d'un tiers, et, en tenant compte de la population, on voit qu'à Sunderland, pendant trois mois, et à Newcastle, pendant six semaines, le nombre des individus atteints a été seulement de un trois dixièmes sur cent ;

9° Les deux ordres de faits qui se rattachent à son mode de propagation conduisent à lui faire attribuer le double caractère épidémique et contagieux ;

10° Les mesures prises pour la prévenir ont été inefficaces;

11° Le traitement employé n'a paru que très-rarement avoir une influence favorable sur l'issue de la maladie, quand les symptômes qui la constituaient avaient de la gravité.

Quelles conclusions générales pouvons-nous, Messieurs, tirer de tous ces faits? à quelle considération sommes-nous conduits, par leur examen, sur les moyens propres à prévenir chez nous l'invasion ou les progrès de la maladie ? quelles sont enfin, pour l'avenir, nos craintes ou nos espérances ?

Le résultat le plus important de nos observations, c'est que la maladie, considérée dans son caractère épidémique, a diminué d'intensité en se développant en Angleterre. Cette affection si terrible, et qui devait décimer toutes les populations, n'exerce pas, dans ce pays, plus de ravages que les fièvres graves, que les typhus qu'on y voit régner chaque année dans certaines localités. *En* 1831, *malgré le choléra, la mortalité diffère à peine, à Newcastle, de celle de* 1830, *et à Sunderland, de celle de* 1824. Le nombre des individus atteints par l'épidémie, dans ces deux villes, ne va pas au-delà de un trois dixièmes pour cent habitants. Enfin la maladie n'attaque plus, comme dans les autres pays qu'elle a parcourus, tous les individus indistinctement : elle ne s'attache qu'à une seule classe ; elle ne s'étend que dans des lieux déterminés.

Puisqu'elle s'est ainsi affaiblie, même en rencontrant une population nombreuse, dans des localités qui semblent réunir tant de conditions favorables à son développement, ne sommes-nous pas fondés à croire que si elle parvenait jamais dans notre pays, où tant de sages précautions ont été prises, son intensité serait encore atténuée ?

Ces considérations doivent dissiper des inquiétudes exagérées, d'autant plus que notre sécurité est fondée sur les moyens les plus propres à prévenir l'invasion de la maladie et à borner ses progrès. Je

ne pense pas cependant que parmi les moyens pré-
ventifs, les quarantaines, même en admettant,
contre l'expérience, qu'elles soient faciles à établir,
difficiles à éluder, puissent nous inspirer une grande
confiance. Les avantages de ces mesures sont très-
faibles, puisque la maladie, comme nous l'avons dit,
se propage non-seulement par la contagion, mais
par des causes analogues à celles de toutes nos épidémies, franchissant toutes les barrières qu'on
cherche à lui opposer. Leurs inconvéniens sont nombreux et graves : il n'est pas douteux que la qua-
rantaine anglaise n'ait porté un coup funeste au
commerce des villes où s'est développé le choléra, et
ne soit devenue, en augmentant la misère, une
nouvelle cause de maladie. Le nombre des individus
qui ont perdu leur emploi à Sunderland, par suite
des quarantaines, est évalué à seize cents, parmi
lesquels on compte neuf cents pilotes, marins ou
employés au transport du charbon de terre, et ce
sont ces mêmes individus qu'on voit figurer surtout
sur le tableau de mortalité. Si les inconvénients des
quarantaines générales sont considérables, ceux de
la séquestration ont été jugés si grands, qu'on n'a
pas même songé en Angleterre à l'employer.

C'est principalement à détruire les conditions qui
favorisent l'action des causes de la maladie, qu'il me
paraît convenable de s'attacher, même pour prévenir son invasion. L'influence de ces conditions est
manifeste en Angleterre, et nous avons tout lieu de
croire qu'elle serait la même chez nous. Telle est la

misère excessive, la malpropreté, la stagnation de
l'air; tels sont les excès de toute espèce, telles sont
toutes les causes d'insalubrité qui se trouvent ordinairement réunies chez la classe inférieure.

La maladie une fois développée, il se présente
deux moyens de s'opposer à ses progrès : ces moyens
consistent encore dans toutes les mesures hygiéniques
propres à neutraliser les conditions sur lesquelles
nous avons appelé si souvent votre attention; quant
au traitement particulier, les observations que j'ai
faites sur la maladie et sur la succession de ses périodes, me portent à penser qu'il serait convenable
de l'établir sur les bases suivantes : Si nous avions
trouvé un spécifique contre le choléra, quelqu'inex-
plicable que fût son action, il faudrait sans doute
l'employer; mais, comme nous ne sommes pas arrivés
encore à cette découverte, il faut agir par une mé-
thode rationnelle, proportionner, sans doute, nos
remèdes à la gravité de la maladie, mais ne jamais
oublier que nous agissons sur des organes qu'il est
bon de ménager. Dans la période de diarrhée, je
ferais usage des adoucissants et des calmants, et surtout des soins hygiéniques; j'éloignerais, s'il était
possible, le malade du foyer même de l'épidémie; je
m'attacherais surtout à saisir la maladie à son début.
Pour parvenir à ce résultat, vous avez déjà songé à
diviser la ville en diverses sections, surveillées chacune par un médecin particulier; ces mesures sont
d'autant plus sages que c'est, pour ainsi dire, en allant

au-devant des plus légères indispositions des malheureux, que l'on peut arrêter les progrès de la maladie qui nous occupe. Dans le collapsus, la saignée
ayant quelquefois été suivie d'une réaction salutaire,
je l'emploierais, surtout chez les sujets robustes, au
début même de cette période. Enfin, imitant en cela
quelques médecins anglais, dont j'ai vu les soins
couronnés de succès, j'agirais surtout pour produire
une réaction par les stimulants externes, les rubéfiants, les bains d'eau, d'air et de sable chauds, les
frictions, etc., et je seconderais l'effet de ces moyens
par des diaphorétiques légers, puis par les calmants
et les antispasmodiques; enfin, c'est aux antiphlogistiques que j'aurais recours principalement dans
la période de réaction.

Tels sont, Messieurs, les documents et les considérations que j'avais à vous soumettre. Je vous ai
fait connaître avec exactitude et impartialité ce que
j'ai observé en Angleterre; puisse la vérité, que
je crois vous avoir présentée, dissiper quelques
inquiétudes, et contribuer à prévenir l'adoption de
mesures rigoureuses, dont les effets seraient pro-
bablement plus fâcheux que ceux de la maladie elle-
même!

OBSERVATIONS PARTICULIÈRES.

———◆———

Parmi les observations que j'ai recueillies, j'ai cru devoir choisir, pour les placer ici, celles qui suivent : les quatre premières nous donnent le résultat de l'examen cadavérique; la cinquième se distingue par l'absence des évacuations alvines qui a caractérisé la forme particulière du collapsus.

1ʳᵉ Observation.

Un homme, employé au transport du charbon de terre, d'une constitution robuste, d'une taille élevée, logeant dans une des rues les plus sales de la paroisse de Sunderland, et dans une maison où plusieurs individus ont déjà succombé au choléra, éprouve, pendant quatre jours, une diarrhée qui ne le force pas d'interrompre ses travaux. Gagnant à peine de quoi subvenir à ses premiers besoins, il travaille sur la rivière toute la nuit et la matinée du quatrième jour ; rentre ensuite, épuisé, dans sa famille.

A trois heures après midi, faiblesse très-grande ; il s'alite ; crampes violentes dans les muscles des membres ; les extrémités se refroidissent ; le corps est couvert de sueur.

Vomissements abondants et rapides de matières séreuses ; en même temps, selles liquides, semblables à de l'eau tenant en suspension du riz cuit et gonflé par l'humidité. On pratique une saignée ; le chirurgien annonce que le sang coule avec lenteur, et le compare à du goudron.

Le pouls est imperceptible.

Les mouvements respiratoires s'exécutent cependant avec facilité ; l'intelligence est parfaite.

A quatre heures, une once de farine de moutarde de *Durham*, dans une pinte d'eau. Des vomissements et des déjections abondantes succèdent à cette médication.

Six heures du soir, le pouls n'a pas reparu. Le corps est couvert de sueur ; la peau, surtout aux extrémités, et l'haleine sont froides ; facies caractéristique ; les yeux sont caves, enfoncés, entourés d'un cercle bleuâtre ; la langue reste humide et blanchâtre, sans aucune rougeur; l'abdomen est légèrement douloureux à la pression; les déjections alvines continuent, voix extrêmement faible. Suppression de la sécrétion urinaire.

Sinapismes sur le ventre; potion avec laudanum un demi-gros, éther sulfurique un gros.

Dans la soirée, calomel, vingt grains.

Les évacuations cessent; l'intelligence est toujours parfaite; mort à minuit.

Cette observation a été recueillie par M. le docteur *Hogden.*

Le lendemain, douze heures après la mort, nous procédons, M. le docteur Guillot et moi, à l'examen du cadavre.

Face d'un jaune pâle, comme celle de beaucoup de cadavres; extrémités des doigts légèrement violacées. La peau ne présente, dans ces parties, aucune ride remarquable.

Des ecchymoses rougeâtres s'étendent sur les parties postérieures des bras, des avant-bras, des cuisses, des jambes, des épaules, du thorax et des régions lombaires.

Ces ecchymoses s'effacent insensiblement en s'approchant des parties moins déclives; dans les parties où le corps a reposé, comme les épaules, les fesses, elles sont remplacées par une large plaque blafarde qui occupe la portion de la peau et des parties sous-cutanées dans lesquelles le sang n'a pu pénétrer à cause de la pression.

L'intégrité de la moëlle épinière est parfaite. Cet
organe est ferme ; les deux substances se distinguent
très-bien ; leur coloration n'est pas changée. Les
nerfs et leurs origines sont disséqués et examinés
avec soin. Il ne se présente rien qui ne soit observé
habituellement dans ces parties. Les origines des
9e, 8e, 7e et 5e paires ont particulièrement fixé notre
attention.

Le cerveau est ferme ; il ne présente rien d'insolite ;
la substance grise se distingue partout avec netteté ;
cette substance n'est pas ramollie, et en l'éloignant
des vaisseaux qui la pénètrent, et dont le lacis constitue la pie-mère, on n'enlève pas cette substance
avec les lambeaux que l'on sépare, ce qui a lieu
dans les cerveaux malades.

L'artère basilaire est pleine de sang, un long
caillot s'étend depuis la réunion des vertébrales
jusqu'aux artères communiquantes.

Les vaisseaux du cerveau, surtout ceux de l'intérieur, sont gorgés de sang, qui coule à chaque
section. La congestion de ces vaisseaux est égale
partout dans l'encéphale, peut-être un peu moins
grande au cervelet.

Les sinus sont pleins de sang ; les ventricules sont
larges, les trous de communication fort bien ouverts.
Une assez grande quantité de liquide a dû les rem-
plir, car il s'en est écoulé plus d'une once pendant
la section du canal vertébral. L'arachnoïde est sans
rougeur.

Les poumons sont gorgés de liquides, mais cré-

pitent dans toute leur étendue. Les orifices bron-
chiaux laissent écouler une grande quantité de
liquides spumeux, et le sang sort avec abondance
des orifices pulmonaires.

Les bronches sont sans coloration pathologique
appréciable ; leur membrane muqueuse est sans
ramollissement.

La veine cave supérieure, l'oreillette droite et
le ventricule droit sont pleins de sang liquide, qui
ne ressemble en rien à du goudron ; il paraît seulement un peu plus noir qu'à l'ordinaire. Le ventricule
gauche en contient aussi, mais en moindre quantité.
Le cœur est assez volumineux ; ses parois sont
épaisses ; le péricarde et les plèvres n'offrent aucune
altération.

La veine cave abdominale est pleine de sang,
comme la veine cave thoracique ; et cette plénitude
contraste avec l'état de la veine porte, dont le tronc
seul contient un faible caillot, mais dont les extrémités ne se dessinent pas sur le mésentère.

Le foie ne paraît point congesté ; la rate est d'un
volume fort ordinaire et d'une consistance ferme.

L'estomac et une grande portion des intestins
sont couverts d'une matière jaunâtre qui exhale une
odeur piquante de moutarde ; cette odeur et cette
couleur diminuent à mesure qu'on s'approche du
coecum.

Les matières intestinales sont alors presque blan-
ches ; sous cette couche pulpeuse on découvre par le
lavage la membrane muqueuse qui est d'un rose

assez foncé, et partout d'une teinte égale. Cette membrane n'est pas ramollie; sa consistance est égale partout, et elle résiste au raclage.

Là où la coloration jaune cesse, la rougeur cesse aussi; près du cœcum, et dans le cœcum, la coloration de l'intestin est nulle.

Dans les gros intestins, la muqueuse est encore recouverte d'une matière blanchâtre semblable aux déjections alvines, sur laquelle nous n'avons observé aucune coloration. Les reins, le pancréas, n'offrent aucune altération; la vessie ne contient pas d'urine.

Le péritoine est parfaitement semblable à celui de beaucoup de cadavres.

Nota. Les muscles des membres, dans lesquels des crampes violentes ont été ressenties, n'offraient aucune altération appréciable.

L'odeur des matières intestinales était fade, sans aucune fétidité.

Ce cadavre n'avait pas perdu toute sa chaleur, et l'intérieur du corps avait une température supérieure à celle de la main qu'on y plongeait; cette chaleur donnait même lieu, dans l'abdomen, à une évaporation sensible.

2ᵉ Observation.

La femme Lée, âgée de trente-deux ans, habitant, dans la partie basse de Newcastle, une chambre sale, étroite et humide, éprouve, dans la matinée du

11 janvier, après deux jours de diarrhée, des vomissements et des déjections alvines abondantes, semblables à de l'eau de riz. Les extrémités se refroidissent aussitôt; le pouls devient imperceptible. Prostation extrême. Le visage prend l'aspect déjà décrit. Les yeux se cavent, et s'entourent d'un cercle livide. *Pas de crampes*, douleur épigastrique assez vive. (Eau-de-vie, calomel avec gingembre, sans opium.)

Le 12, même état. Prostration complète; continuation des déjections alvines et des vomissements; absence du pouls; douleur épigastrique toujours sensible; intégrité parfaite de l'intelligence. La malade se croit beaucoup mieux dans la soirée, demande même du thé et une rôtie. (Eau-de-vie et calomel.) Mort à deux heures du matin, le 13 janvier, sans aucun phénomène nouveau.

Autopsie dix heures après la mort.

Congestion veineuse des extrémités, du cou et de la tête; teinte jaunâtre des parties sur lesquelles a reposé le cadavre.

L'axe cérébro-spinal est mis à découvert dans toute son étendue; sinus gorgés de sang; substances cérébrales, fermes, consistantes; la substance blanche est parsemée de points rouges indiquant le trajet des veines, et d'où sortent quelques gouttelettes de sang; mais elle ne paraît pas le siége d'une congestion particulière. Couleur tranchée de la substance grise; ventricule renfermant peu de sérosité; cervelet dans l'état normal; les artères vertébrales et l'artère basilaire sont remplies de sang; la moëlle épinière, examinée dans toutes ses parties, et à l'aide de sections nombreuses, n'offre rien de remarquable; l'examen des origines des nerfs supérieurs ne donne pas d'autre résultat. La huitième paire a été surtout disséquée avec soin. Ce nerf, mis à découvert, ainsi que le sympathique, dans la région cervicale, ne présente rien qui puisse être noté. Il en est de même du ganglion cervical supérieur. La veine jugulaire interne ne renferme pas de sang.

Poumons congestés assez fortement à la partie postérieure, crépitant dans toute leur étendue. Le lavage les ramène à un état naturel. Cœur volumineux. Ventricules contenant, surtout à droite, du sang noir. Veine azigos distendue par le sang qui s'écoule en grande quantité des veines caves et sous-clavières.

On remarque, vers le grand cul-de-sac de l'estomac, et un peu vers le pylore, des plaques arborisées, larges et noirâtres; la muqueuse n'est pas ramollie.

La muqueuse des intestins grêles est rosée dans le duodénum, pâle plus loin, et couverte d'un mucus grisâtre qu'on enlève facilement.

Dans les gros intestins, matières liquides, tenant en suspension des détritus noirâtres, sans odeur fétide. Muqueuse pâle, sans ulcération. Vessie vide, contractée, couverte de mucus; reins fermes sans lésion apparente; rate et pancréas dans l'état naturel. Foie non congesté. Veine porte ne contenant qu'une très-petite quantité de sang ; la veine cave inférieure en renferme, au contraire, beaucoup.

3ᵉ Observation.

M. Scott, ministre d'une chapelle, à Sunderland, âgé de quarante-cinq ans, d'une constitution athlétique, prêche, à quatre heures du soir, en bonne santé ; en sortant du temple, il est saisi de vomissements et de diarrhée. Les matières rendues par les selles sont semblables à de l'eau de riz tenant en suspension des flocons blanchâtres. Prostration ; crampes douloureuses dans les membres. (Saignée.) Le malade refuse toute autre médication.

Les vomissements et la diarrhée augmentent. Le pouls devient imperceptible. La chaleur du corps diminue encore. L'intelligence cependant reste parfaite. Mort après seize heures de maladie.

Ces renseignements ont été communiqués par M. le docteur Browin.

Autopsie faite, douze heures après la mort, par M. le docteur Guillot.

Nulle coloration bleue de la peau. Raideur cadavérique très-forte. L'aspect de la physionomie, au dire des personnes qui ont connu le malade, n'a pas changé.

L'encéphale et la moëlle épinière, dont la partie supérieure a été seule examinée, ne présentent aucune lésion. Il en est de même des nerfs à leur origine, et surtout de la 8ᵉ paire. Les ventricules du cerveau contiennent un peu de sérosité.

Poumons gorgés de sang, à droite, crépitants ; cœur développé, à cavités larges, à parois épaisses ; ventricule gauche sans caillot ; la partie interne est seulement recouverte d'une couche de sang liquide et noire.

Nul caillot dans l'aorte ni dans les carotides. La veine cave supérieure, l'oreillette et le ventricule droit sont pleins de sang noir. Rien dans les plèvres et le péricarde. Vacuité remarquable de la veine porte. Rien dans le foie.

Le canal intestinal est pâle et sans aucune altération. Une substance pulpeuse, analogue à de la bouillie, et d'une odeur fade, recouvre la membrane muqueuse dans toute son étendue, et n'est adhérente que dans quelques points. Reins et pancréas dans l'état sain. Vessie sans urine.

4ᵉ Observation.

Femme Robson, âgée de quarante-quatre ans, enceinte de six mois, vivant dans un état voisin de la misère.

Le 11 janvier, après trois jours de diarrhée, vomissements abondants de matières séreuses ; déjections alvines floconneuses, blanchâtres. Prostration ; refroidissement des membres ; crampes dans les muscles des extrémités ; altération profonde des traits du

visage ; faiblesse et concentration du pouls. (Eau-
de-vie, calomel et gingembre. Deux grains de calomel et un grains de gingembre toutes les heures.)

Le 12, la région épigastrique est un peu sensible
à la pression. Le pouls est à-peine perceptible. Collapsus profond. La malade n'a plus conscience des
évacuations. (Même prescription.) La malade refuse
de prendre l'eau-de-vie qu'on lui présente.

Le 13, même état; prostration extrême; pouls
très-fréquent, mais excessivement faible.

A huit heures du soir, avortement suivi d'une
perte peu considérable. Mort, le 14 janvier, à huit
heures du matin.

Autopsie cadavérique huit heures après la mort.

Lividité cadavérique; congestion légère aux extrémités ; quelques vergetures à la partie postérieure ;
nulle tache bleuâtre sur le tronc.

Substances cérébrables fermes et consistantes ;
peu de sérosité dans les ventricules ; origine des
nerfs dans l'état normal; cervelet non congesté ;
vaisseaux de la base du cerveau, sinus gorgés de
sang.

Rien de particulier dans la moëlle épinière ; la
section des muscles de la partie postérieure du tronc
a donné lieu à un assez grand écoulement de sang.
Ces muscles sont encore chauds.

Congestion générale des poumons, qui sont partout crépitants, et dont les fragments placés sur l'eau
surnagent parfaitement. Nulle adhérence dans les
plèvres.

Cœur assez volumineux; quelques caillots dans le ventricule gauche ; un peu de sang liquide dans le ventricule droit ; beaucoup de sang dans la veine cave supérieure et dans l'aorte.

Péritoine sain ; intestins pâles et non distendus par les gaz ; matières noirâtres disposées en stries dans l'estomac, surtout vers le pylore ; cette matière s'enlève difficilement dans quelques points ; mais la membrane muqueuse n'est ni rouge ni ramollie.

Les intestins grêles renferment une matière crémeuse, jaunâtre dans la partie supérieure, verte vers le cœcum. Cette matière est enlevée par le lavage, et laisse à découvert la membrane muqueuse, qui est d'une pâleur remarquable.

Le gros intestin est recouvert d'une substance semblable.

Le foie ne présente rien de particulier. La vésicule biliaire est pleine et contient une grande quantité de calculs. La veine porte est aplatie et vide. La veine cave, au contraire, est distendue par le sang. Rate petite et non congestée. Les reins et le pancréas sont dans l'état naturel.

Très-peu d'urine dans la vessie.

Matrice volumineuse à parois épaisses, couverte de caillots.

5° Observation.

Anne Stoward, veuve, âgée de quarante ans, est apportée le 16 décembre, vers cinq heures du soir, à l'hôpital des cholériques de Sunderland. A sept heures, elle présente les symptômes suivants :

Prostration extrême ; refroidissement considérable du corps, vingt-deux degrés centigrade aux mains, trente degrés dans la bouche. Absence complète du pouls ; l'on entend à peine les battements du cœur, qui sont tellement confus, qu'il est impossible de les compter ; vingt-six inspirations par minute. Visage pâle, altéré ; yeux entourés d'un cercle livide. Congestion veineuse aux extrémités. Nulle douleur à l'épigastre. Les organes, interrogés les uns après les autres, ne présentent rien qui indique quelque lésion. La poitrine est parfaitement sonore. La respiration s'entend bien partout. Des crampes dans les jambes et dans les bras paraissent être la seule sensation douloureuse éprouvée par la malade. L'intelligence est parfaite. La malade dit avoir depuis quelques jours la diarrhée. Depuis son arrivée à l'hôpital, aucune évacuation alvine n'a eu lieu. (Frictions avec de la flanelle, émétique avec moutarde et eau chaude.) Vomissements à l'aide de cette médication ; mais pas d'amélioration. (Eau-de-vie.)

Le lendemain matin, la malade est dans la même situation. Les mains et les pieds sont glacés ; l'haleine est froide ; les yeux sont caves, enfoncés ; quelques ecchymoses se forment sur les bras ; la langue est légèrement blanchâtre et humide ; la pression du ventre n'est pas douloureuse. (Nouvelle administration de la moutarde qui provoque quelques vomissements.)

A onze heures du matin , vingt degrés dans les deux mains appliquées l'une contre l'autre ; vingt-cinq dans la bouche ; trente à trente-six mouvements respiratoires. Il est presqu'impossible avec le sthétoscope d'entendre les battements du cœur. Intégrité de l'intelligence. Mort à midi.

Tableau du nombre des malades et de celui des morts, jour par jour, à Newcastle, depuis le commencement de l'épidémie jusqu'au 19 janvier 1832.

NEWCASTLE-UPON-TYNE.	NOUVEAUX CAS.	TOTAL.	GUÉRIS.	MORTS.	RESTENT.
1831, déc. 9	»	5	»	2	3
— 10	2	5	»	2	3
— 11	2	5	»	1	4
— 12	7	11	1	2	8
— 13	16	24	1	3	20
— 14	14	34	»	3	31
— 15	15	46	2	10	34
— 16	13	47	2	6	39
— 17	20	59	7	5	47
— 18	11	58	3	2	53
— 19	7	60	19	5	36
— 20	11	47	9	8	30
— 21	30	60	12	4	44
— 22	11	55	7	6	42
— 23	13	55	14	2	39
— 24	12	51	10	7	34
— 25	21	55	6	9	40
— 26	16	56	8	6	42
— 27	20	62	9	10	43
— 28	39	82	9	6	67
— 29	22	89	15	8	66
— 30	32	98	23	11	64
— 31	23	87	7	4	76
1832, janv. 1	57	133	14	11	108
— 2	18	126	12	6	108
— 3	45	153	26	11	116
— 4	29	145	19	6	120
— 5	10	130	5	5	120
— 6	47	167	45	11	111
— 7	19	130	19	8	103
— 8	29	132	24	9	99
— 9	10	109	9	2	98
— 10	13	111	15	6	90
— 11	20	110	16	7	87
— 12	14	101	16	6	79
— 13	7	86	11	1	74
— 14	20	94	11	1	82
— 15	16	98	16	7	75
— 16	21	96	21	12	63
— 17	15	78	9	4	65
— 18	20	85	12	6	67
— 19	8	75	8	7	60

1831.	QUARTS.		TEMPS.	VENT.	THERMOMETRE				BAROMÈTRE.		
					FAREIN.	CENTIGRADE.					
Décemb.	1	9	Calme et sombre avec de la.	pluie	S.-O.	47	8	3/9	29	9	1/2
		2	Jour agréable.	beau	S.-O.	47	8	3/9	29	9	
		10	Nuit calme et couverte de nuages.	beau		44	6	6/9	29	1	1/2
	2	9	Matin calme et agréable.	beau	O.	44	6	6/9	29	9	1/2
		2	Calme, des nuages et petite.	pluie	S.-O.	46	7	7/9	29	9	
		10	Nuit calme et des nuages.	beau		43	6	1/9	29	9	1/2
	3	9	Matin calme et couvert de nuages.	beau	O.	43	6	1/9	29	9	
		2	Jour calme et agréable.	beau	S.-O.	46	7	7/9	29	8	
		10	Nuit calme et sombre.	beau		44	6	6/9	29	7	1/2
	4	9	Calme, brumeux, humide, petite.	pluie	O.	46	7	7/9	29	7	
N. L.		2	Calme, doux et agréable.	beau	S.-O.	47	8	3/9	29	6	
		10	Nuit calme et claire.	beau		39	3	8/9	29	6	
	5	9	Matin calme et agréable.	beau	S.-O.	45	7	2/9	29	5	
		2	Jour calme et agréable.	beau	S.-O.	48	8	8/9	29	3	1/2
		10	Calme et ciel étoilé	beau		43	6	1/9	29	2	
	6	9	Matin doux, des coups de vent	beau	S.-O.	43	6	1/9	28	9	
		2	Jour doux et agréable.	beau	S.-O.	47	8	3/9	29	0	1/2
		10	Calme et sombre, des ondées de.	pluie	S.-O.	45	7	2/9	29	0	1/2
	7	9	Matin sombre et humide.	pluie	S.-O.	49	9	4/9	28	6	
		2	Doux, des nuages et des ondées.	beau	S.-O.	50	10		28	3	1/2
		10	Nuit douce et agréable, des ondées. . . .	beau	S.-O.	48	8	8/9	28	6	
	8	9	Matin calme et agréable.	beau	S.-O.	43	6	1/9	28	8	
		2	Calme et agréable.	beau	S.-E.	46	7	7/9	28	8	1/2
		10	Nuit calme avec nuages.	beau		43	6	1/9	28	9	
	9	9	Matin agréable, humide de bon matin. . .	beau	S.-O.	47	8	3/9	28	7	
		2	Calme et fort agréable.	beau	S.-O.	51	10	5/9	28	7	1/2
		10	Nuit calme et claire.	beau		46	7	7/9	28	9	1/2

	QUARTS.		TEMPS.	VENT.	THERMOMÈTRE FAREIN.	CENTIGRADE.	BAROMÈTRE.		
1831. Décemb. 10		9	Matin calme et brumeux.........	beau	S.-O.	44	6 6/9	29	0	1/2
		2	Calme, doux et nuages..........	beau	S.-O.	47	8 3/9	29	1	
		10	Calme, nuages et ondées.	beau		43	6 1/9	29	2	1/2
	11	9	Matin orageux, très-humide......	pluie	S.-E.	44	6 1/9	29	0	
		2	Calme, sombre et humide........	pluie	S.-E.	51	10 5/9	28	9	
		10	Nuit calme et nuages..........	beau		46	7 7/9	29	0	
	12	9	Jour sombre et humide.........	pluie	S.-E.	47	8 3/9	28	9	1/2
'		2	Doux, humide et sombre........	beau	S.-E.	50	10	28	7	
		10	Nuit sombre, des ondées........	beau		47	8 3/9	29	5	
	13	9	Doux, mais très-venteux.......	beau	S.-O.	49	9 4/9	28	6	
		2	Doux, coups de vent et pluie......	beau	S.-O.	48	8 8/9	28	9	
		10	Nuit claire et agréable..........	beau		43	6 1/9	29	1	1/2
	14	9	Calme et agréable, gelée blanche.....	beau	O.	38	3 3/9	29	2	1/2
		2	Très-agréable, soleil...........	beau	O.	43	6 1/9	29	2	1/2
		10	Nuit calme et nuages.........	beau		39	3 8/9	29	3	1/2
	15	9	Calme et agréable, gelée blanche.....	beau	S.-O.	36	2 2/9	29	3	1/2
		2	Calme et agréable, gris..........	beau	S.-E.	43	6 1/9	29	8	1/2
		10	Nuit calme et agréable..	beau		39	3 8/9	29	3	
	16	9	Calme et brumeux, gelée blanche....	beau	S.-E.	38	3 3/9	29	4	
		2	Jour agréable, venteux.	beau	S.	41	5	29	2	1/2
		10	Doux, calme et légères ondées	pluie	S.	44	6 6/9	29	0	
	17	9	Agréable, mais brumeux, gelée blanche..	beau	S.-O.	39	3 8/9	29	2	
		2	Calme et très-agréable...........	beau	S.-O.	45	7 2/9	29	3	
		10	Nuit orageuse, grosse pluie.......	pluie	S.-O.	43	6 1/9	29	1	
	18	9	Matin calme et agréable.........	beau	S.-E.	42	5 5/9	28	9	
		2	Calme et très-agréable..........	beau	S.-O.	45	7 2/9	28	9	
		10	Calme, nuages et des ondées.......	beau		42	5 5/9	29	0	
	19	9	Matin calme et agréable.........	beau	S.-O.	44	6 6/9	29	1	
		2	Jour calme et agréable..........	beau	S.-O.	46	7 7/9	29	2	
P. L.		10	Nuit calme et agréable	beau		40	4 4/9	29	3	1/2

1831.	QUARTS.		TEMPS.	VENT.	THERMOMÈTRE			BAROMÈTRE.		
					FAREIN.	CENTIGRADE.				
Décemb. 20	9	Matin calme et brumeux.	beau	S.-O.	41	5		29	4	
	2	Calme et agréable.	beau	S.-O.	42	5	5/9	29	3	
	10	Calme et sombre, des ondées.	pluie		40	4	4/9	29	1	1/2
21	9	Calme et brum., de la gelée blanc. de bon n	beau	S.-O.	38	3	3/9	29	3	
	2	Calme et agréable, brumeux.	beau	S.-O.	43	6	1/9	29	3	1/2
	10	Calme et clair, agréable.	beau		36	2	2/9	29	5	
22	9	Calme et brumeux, gelée blanche.	beau	S.-O.	36	2	2/9	29	4	
	2	Jour sombre, ventueux et ondées de. . . .	pluie	S.	43	6	1/9	29	2	
	10	Nuit calme et claire.	beau		40	4	4/9	29	2	
23	9	Claire et agréable, gelée blanche.	beau	O.	36	2	2/9	29	5	
	2	Jour calme, clair et froid.	beau	O.	42	5	5/9	29	7	
	10	Nuit calme et nuages.	beau		37	2	7/9	29	8	1/2
24	9	Matin calme, brumeux, gelée blanche. . .	beau	O.	36	2	2/9	29	9	
	2	Jour calme et sombre.	beau	O.	50	10		29	9	
	10	Nuit calme et brumeuse.	beau		43	6	1/9	29	9	1/2
25	9	Matin, calme et agréable.	beau	S.-O.	41	5		29	9	
	2	Jour calme et agréable.	beau	S.-O.	44	6	6/9	29	9	
	10	Calme, sombre et humide.	pluie		43	6	1/9	29	2	
26	9	Calme et brumeux, des ondées de. . . .	pluie	N.-O.	44	6	6/9	30	0	
	2	Calme, brumeux et désagréable.	beau	N.-O.	45	7	2/9	30	1	
	10	Nuit calme et claire.	beau	N.	38	3	3/9	30	2	
27	9	Matin clair, calme, gelée.	beau	O.	34	1	1/9	30	2	1/2
	2	Jour calme et agréable.	beau	N.-O.	37	2	7/9	30	2	1/2
	10	Nuit sombre.	beau	O.	37	2	7/9	30	2	1/2
28	9	Matin calme et agréable.	beau	N.-O.	37	2	7/9	30	2	1/2
	2	Jour clair et agréable	beau	N.-O.	41	5		30	2	1/2
	10	Nuit calme, claire et de la gelée.	beau		32	0		30	2	1/2
29	9	Calme et agréable, mais froid.	beau	N.-O.	35	1	6/9	30	2	1/2
	2	Jour calme et nuages.	beau	N.-O.	42	5	5/9	30	1	1/2
	10	Nuit calme et sombre.	beau	N.-O.	39	3	8/9	30	1	1/2

		QUARTS.		EMPS.	VENT.	THERMOMÈTRE			BAROMÈTRE.		
						FAREIN.	CENTIGRADE.				
1831. Décemb.	30	9	Calme , des nuages et des ondées de. . . .	pluie	N.-O.	40	4	4/9	30	1	
		2	Jour couvert de nuages avec des ondées. .	pluie	N.-O.	42	5	5/9	30	1	
		10	Nuit calme et sombre.	beau		38	3	3/9	30	1	
	31	9	Calme et agréable , gelée blanche.	beau	N.-O.	35	1	6/9	30	1	
		2	Jour beau et clair.	beau	N.-O.	40	4	4/9	30	1	
		10	Nuit calme , claire et de la gelée.	beau		32	0		30	0	1/2

www.ingramcontent.com/pod-product-compliance
Lightning Source LLC
Chambersburg PA
CBHW060804180626
46818CB00002B/692